Gallimard Jeunesse/Giboulées sous la direction de Colline Faure-Poirée

© Gallimard Jeunesse, 2010
ISBN : 978-2-07-063085-7
Premier dépôt légal : février 2010
Dépôt légal : juillet 2012
Numéro d'édition : 244604
Loi n° 49956 du 16 juillet 1949
sur les publications destinées à la jeunesse
Imprimé en France par Pollina - L60801D

Merlin le Merle

Antoon Krings

GALLIMARD JEUNESSE / GiBOULÉES

Voici revenu le temps des cerises. Dans les arbres aux bras chargés de fruits, tout un petit monde s'égaye. Moineaux ou étourneaux, vermisseaux ou asticots, chacun se presse, chacun s'en donne à cœur joie. C'est la fête au bigarreau, la course à la griotte et pour Merlin le merle, qui sautille de branche en branche, une belle occasion d'inviter son ami Henri le canari.

– Par ici! Par ici!

– Excuse-moi, dit le canari. Je n'ai pas
pu m'échapper plus tôt. Et puis j'ai promis
à Nunuche de l'emmener faire un tour.
Tu comprends, ça fait des mois qu'elle me
serine pour venir.

Merlin n'a pas le temps d'interroger son ami,
qu'une curieuse demoiselle se pose à leurs côtés.

– Merlin, je te présente Nunuche la perruche.
Nunuche, voici Merlin, le merle du jardin.

– Oh quelle merveilleuse volière! s'exclame
la perruche en se serrant tout contre le merle.
Toute cette joie, toute cette bonne humeur,
vraiment c'est magnifique! Et même si votre
plumage manque cruellement de fantaisie,
vous m'êtes très sympathique, Merlin. Je sens
que nous allons bien nous entendre.
– Comme toutes les perruches, elle est plutôt
bavarde, dit à voix basse Henri. Mais tu verras,
elle est très attachante.
– Et collante, murmure le merle moqueur.

– Vraiment, du fond du cœur, dit la perruche, votre petite fête est très réussie. Mais pourquoi diable s'habiller en noir un jour comme celui-ci! C'est affreusement triste, le noir, et vous ne me semblez pas quelqu'un de triste, Merlin.

– Bien au contraire, Nunuche, je suis gai comme un pinson, s'écrie le merle en lui offrant un pendant d'oreille. Allons, trêve de gazouillis, mes amis, goûtons à ces cerises. Ne les laissons pas rougir davantage, elles sont juste bonnes pour le panier.

La perruche qui en meurt d'envie ne fait qu'une becquée de son pendant d'oreille.

– Oh, quel régal ! Quelle saveur ! De vraies friandises, Merlin !

– Vous avez raison, Nunuche. Elles sont tout bonnement délicieuses, s'exclame à son tour Henri, le bec ruisselant de jus de cerise.

– Cueillez-moi ces grosses, bien mûres et bien juteuses, là-haut sur les dernières branches, répète Merlin en chassant au passage quelques étourneaux. Regardez-moi ces rapaces! Ils n'ont pas fini de grappiller une branche qu'ils sont déjà sur une autre. Psstt! Psstt! Allez-vous-en! Disparaissez!

Le merle a beau les traiter de noms d'oiseaux, de voleurs, de pique-assiettes, les étourneaux sont toujours là, très affairés.

– Allons, Merlin, dit la perruche en riant,
ne vous agitez pas pour des queues de cerise.
Avec votre chapeau, vous ressemblez à ces
épouvantails qui n'effraient plus personne.
– Je… je… Eh bien oui, vous avez raison,
Nunuche, ne gâchons pas cette petite fête pour
si peu et reprenons notre cueillette dans la joie
et la bonne humeur. Oh regardez celle-là
comme elle est belle, et celle-ci comme elle
a l'air appétissante.
– Je la veux ! Je la veux !
– Trop tard, je l'ai attrapée !

Soudain, la perruche pousse des cris à faire
fuir tous les étourneaux du jardin.
– Regardez… mais regardez! Là, près du noyau!
Cette… cette petite chose dégoûtante qui remue!
– Mais voyons, Nunuche, c'est un ver, dit le
merle en riant. Et pour un oiseau un ver dans
un fruit, c'est comme… c'est comme le gâteau
dans la cerise!
La perruche se met à blêmir. Elle a l'impression
d'avoir avalé autant de vers que de cerises.
Et d'ailleurs des cerises elle en a trop mangé,
beaucoup trop!

–Venez donc prendre un petit verre à
la maison, lance le merle à ses amis. J'habite
à deux pattes d'ici.

–Ah çà, c'est pas de refus, dit le canari.
Vous venez, Nunuche?

–Euh, je… je ne me sens pas très bien,
bredouille la perruche. Je crois qu'il serait
plus sage que je vous quitte.

–Ah non, j'insiste, Nunuche, pas avant
d'avoir pris le verre de l'amitié.

–Eh bien, puisque vous insistez, Merlin,
je suppose que je dois me laisser faire.

Après trois verres, la perruche a retrouvé
couleurs et bonne humeur.

– Pourquoi riez-vous ainsi, ma chère ? lui
demande le canari.

– Je ris parce que vous avez une tache sur votre
maillot, Henri, rouge cerise sur jaune canari.

– Je ne vois vraiment pas ce qu'il y a de drôle.

– Allons, ne vous vexez pas pour si peu, lui dit
la perruche, et laissez-moi arranger ça avec
de l'eau et du savon.

Une minute plus tard, Henri est à nouveau
tout propre et tout joyeux.

– Je lève mon verre à notre chère perruche.
Avec elle, plus de taches rebelles ! Et je bois
à la santé de Merlin, sans qui la vie ne serait
pas aussi belle !

– Oui, s'écrie la perruche. À Merlin !
À Merlin, l'enchanteur du jardin !

– À votre santé, mes amis, dit le merle
en levant son verre à son tour. Et plutôt que
de longs discours, je préfère siffler un petit
verre… euh un petit air, je veux dire.
Ça s'appelle *Le temps des cerises…*